MW01505748

COLLECTION FOLIO

Pascal Quignard

Le nom
sur le bout
de la langue

Gallimard

Froid d'Islande

Le jeudi 5 juillet, je dînai chez Michèle Reverdy avec Pierre Boulez, Claire Newman, Olivier Baumont. Michèle évoqua la commande d'un conte que lui faisait l'Ensemble instrumental de Basse Normandie que dirigeait Dominique Debart. Nous eûmes beaucoup de mal à couper des parts dans un bloc de glace au café.

Je tordis un couteau.

Boulez, un nouveau couteau dans la main, debout, visa. Le bloc de glace sauta par terre. Le choc ne le rompit pas. On le passa sous l'eau. Je racontai le rudiment d'un conte dans lequel la défaillance du langage était la source de l'action. Ce motif me paraissait le destiner, mieux que toute autre légende, à la musique. Les musiciens, comme les enfants, comme les écrivains, sont les habitants de ce défaut. Les enfants séjournent durant au moins sept années dans cette défaillance que le mot même d'enfance signifie. Les musiciens cherchent à s'en libérer dans le chant. Les écrivains s'y fixent à jamais dans l'épouvante. Un écrivain se définit d'ailleurs simplement par ce *stupor* dans la langue, qui conduit au surplus la plupart d'entre eux à être des interdits de l'oral. Jean de La Fontaine avait renoncé à réciter ses fables. Il faisait appel à cet effet à un comédien qui s'appelait Gâches et qui se tenait toujours à ses côtés quand La Fontaine craignait qu'on ne lui demandât l'humiliation de se dire. Mais quel est l'homme qui n'a pas la défaillance du langage pour destin et le silence comme dernier visage ?

Un verre tomba. Puis le bloc du dessert roula dans l'assiette contenant le fromage.

Deux d'entre nous eurent l'idée de demander à Michèle Reverdy un couteau à pain.

Michèle se leva, se tourna vers moi et me dit qu'elle envisageait de prendre dans ce cas douze cordes, un quintette à vents, un clavecin, une percussion.

Me protégeant avec ma serviette, je répondis à Michèle qu'il me fallait dans ce cas une chaise en bois, une comédienne, une table, un briquet à amadou et une chandelle. Je dis que j'avais besoin aussi d'un rouet, d'un fuseau de fil et d'un cercle à broder. J'ajoutai une pomme. Je lui adressai le conte le 17 juillet.

Je revins d'Islande le mercredi 7 octobre 1992. J'étais illuminé : j'avais vu le lieu de l'enfer, le lieu où la terre est aussi inhospitalière que la vie, qu'elle abrite d'ailleurs peu. J'avais vu le lieu où Dieu n'existe pas. J'avais vu le lieu d'où venaient les anciens Normands qui débarquaient à Caen, qui écumaient Avranches. Le lendemain, le jeudi 8, Michèle se mit au piano et m'interpréta les principaux thèmes qu'elle avait notés. J'admirai les lignes des chants que sa main avait inscrits rapidement au crayon et que sa voix cherchait à reproduire. Nous reprîmes l'ensemble du conte dans le dessein de rendre plus imprévisible la succession des silences, afin de renforcer les contrastes et l'effet d'abandon qu'ils provoquent, voulant enfin marquer les débits dans les parties où la voix féminine restait seule à parler sur la scène. Nous modifiâmes le texte. De retour devant ma machine, je frappai le texte comprimé auquel nous avions abouti. Je l'adressai à Michèle Reverdy le 15 octobre.

Le texte ramassé est celui imprimé sur la partition. C'est le texte entier, développé, que je publie ici.

*

À celui qui les retranscrit, à la musicienne qui les chante, à la comédienne qui les articule, au lecteur qui les suit sans les voir et s'absorbe dans leur signification, les mots paraissent moins inintelligibles qu'à celui qui les écrit. Pour les écrire, il les cherche. Comme ce couteau suspendu devant un bloc de glace qui le fuit, celui qui écrit est un homme au regard arrêté, au corps figé, les mains tendues en suppliant vers des mots qui le fuient. Tous les noms se tiennent sur le bout de la langue. L'art est de savoir les convoquer quand il faut et pour une cause qui en revivifie les corps minuscules et noirs. L'oreille, l'œil et les doigts attendent en rond, comme une bouche, ce mot que le regard cherche à la fois intensément et nulle part, plus loin que le corps, dans le fond de l'air. La main qui écrit est plutôt une main qui fouille le langage qui manque, qui tâtonne vers le langage survivant, qui se crispe, s'énerve, qui du bout des doigts le mendie. « Bout », « debout » sont des mots récents tirés de la langue qu'employaient les guerriers francs aux temps où ils envahirent la Gaule. « Bautan », c'est bouter, c'est pousser. Sur le « bout » de la langue : quelque chose germe sans fleurir. Quelque chose pousse sans venir sur les lèvres de celui qui épie dans le silence. C'est le « bouton » de la floraison invisible de la langue qui se tient debout sur la bouche au-delà de la manducation, en surplus du souffle qu'utilise la respiration dans la fin de maintenir la vie. Aristote disait : « La parole est un luxe sans lequel la vie est possible. » Un bouton pousse sur la bouche comme il pousse sur les arbres, ou sur les vêtements, ou sur les visages. Les adolescents ont raison de trouver laids les boutons qui les défigurent : ils sont en train de perdre la face jusqu'à la fin des temps. Ce sont les traces d'un avenir où la mort vient apporter le témoignage qu'elle a commencé à germiner, et qu'est apparue la terre où la sexualité se fait thanatique, c'est-à-dire génitale, c'est-à-dire jaillissante avant de défaillir dans une apparence de mort. Le visage personnel est plus soi-même qu'un nom propre, même si le visage personnel ne maintient pas plus la vie que le langage ne venait l'affermir. L'agonie est le bouton qu'il boute contre le bout de leur visage. Les bourgeons sur les arbres sont des boutons de fleurs. Les boutons sur les manteaux sont des bourgeons de nacre.

*

Nous nous serrions enveloppés dans nos manteaux dans la gare de Lisieux, tous boutons fermés. Il faisait six degrés au-dessous de zéro. À Hérouville, les voûtes, la pluie, les mousses, le silence, la glace étaient là. Je fus violemment ému en découvrant Avranches. J'ai beaucoup copié Huet. Il était musicien, philologue, janséniste, érudit, cartésien. Il a écrit deux livres magnifiques : le *Traité sur l'origine des romans* et la longue, cruelle, freudienne autobiographie qu'il eut la volonté de composer en latin pour « l'interdire à la médisance et au regard de ceux qui n'entendent rien ». Le 6 mai 1680, devenu évêque d'Avranches, il retourna à Caen. « Il passait les étés à Aunay, les hivers à Paris. Il voulut aussi revoir la terre de ses aïeux et se rendit au Danemark. De là il gagna la Norvège et la Suède. Il ne manqua pas d'aller se recueillir sur la tombe du Chevalier Des Cartes. » Dans ses lettres, il décrit ces « maisons de bois dont les faîtes sont des champs de verdure et de fleurs ». À Caen, il pleuvait. *Le nom sur le bout de la langue* fut créé le 15 avril 1993 à Lisieux, le 18 à Hérouville, le 20 à Avranches. À la brasserie Le Miroir, il y avait une glace au café comme dessert, à la carte. Michèle Reverdy hésita. Je pris la tarte du jour.

Le nom sur le bout de la langue

Où est l'enfer ? Où est la rive obscure au fond de soi où tout ce qui a soufflé expire ? Où donc réside l'enfer s'il est contenu dans une pomme qu'une jeune femme vient de cueillir et qu'elle offre ? Où est le lieu où tout se damne ? Dans la province de Normandie, l'herbe pousse en permanence, l'hiver est glacial, les chemins sont creux, il pleut sans finir, l'arbre est roi, les pommiers abondent.

L'océan y est maître et le vent est son maître. Aussi les maîtres de l'océan étaient-ils les maîtres de cette terre. Les maîtres du vent, ce sont les marins. En Normandie, même celui qui bêche son champ est un marin. Même celui qui coupe les vêtements est un marin. Même celui qui presse le cidre est un marin. Même la presqu'île du Cotentin est une barque de marin qu'on pousse dans la mer. Elle est un drakkar entravé sur la berge blanche de l'océan.

Le roi Louis le Bègue mourut l'an 879, au mois d'avril. Après, ce fut Carloman. C'est dans ce temps que se passe cette histoire, du temps où plus personne dans les campagnes et dans les ports ne savait lire ni écrire. L'an mil approchait. Alors, dans le duché de Normandie, il y avait ceux qui attendaient la fin des temps, et ceux qui ne l'attendaient pas. D'un côté les Chrétiens, de l'autre les Danois. Mais ils se confondaient. Ils ne parvenaient pas à se distinguer parce que la fin des temps est chaque minute de chaque jour. C'était avant Guillaume.

Il y avait un ancien bourg qui s'appelait Dives. Il y avait un jeune tailleur qui s'appelait Björn. On prononçait Jeûne et on racontait que cela voulait dire ours dans la vieille langue. Il était beau. Il portait une culotte bouffante tissée, sa chemise à manches était serrée à la taille à l'aide d'une large ceinture historiée. Il taillait les vêtements des femmes et toutes les femmes qui venaient se vêtir chez lui le trouvaient bien fait et auraient bien aimé l'avoir pour époux. Il tissait aussi de grandes tapisseries quand on lui en adressait la commande. Il nouait enfin les filets au moyen desquels on pêchait les poissons.

Il était astucieux. Il avait réponse à tout. Il cousait si bien qu'il n'était pas pauvre. Il habitait une maison qui donnait sur la berge de la rivière. Dans sa maison, à sa poutre, deux épées étaient toujours suspendues. Colbrune l'aimait.

Colbrune habitait la maison d'en face. Elle brodait pour gagner sa vie. Elle aimait follement Jeûne. Matin, midi et soir, elle le regardait par sa fenêtre. Elle ne dormait plus.

Une nuit, alors qu'elle se retournait dans son lit sans trouver le sommeil, elle se dit :

« Je ne trouve pas le repos. Je pense à lui et mon ventre me brûle. Mes larmes se pressent autour de mes paupières. Je deviens maigre comme une épine. Je suis sans cesse assaillie par son nom. »

Le lendemain matin, elle s'habilla, noua sur le devant son tablier couvert de broderies rouge et jaune, traversa la rue. Elle frappa au bois de sa fenêtre. Il leva les yeux avec un air maussade parce qu'elle l'interrompait dans son travail. Elle lui dit qu'elle l'aimait et qu'elle aurait du bonheur à devenir son épouse. Elle ajouta :

« J'aime tout en toi. J'aime jusqu'au son de ta voix. Qu'est-ce pour toi que le son de ta voix ? Rien. Pour moi, c'est ce qui me ranime. »

Jeûne posa son fil. Il la regarda. Il lui dit qu'il fallait qu'il y songe. Il lui dit que sa demande l'honorait. Il lui dit qu'il l'avait toujours regardée avec plaisir en la voyant broder à sa fenêtre. Il lui dit qu'elle lui laissât le crépuscule, la nuit et l'aube, afin qu'il réfléchît.

Le lendemain matin, avant que midi eût sonné, Jeûne frappa à la porte de Colbrune. Il s'était vêtu avec soin. Il portait sa chemise à manches longues, sa culotte qui bouffait, sa ceinture historiée. Elle le fit entrer. Elle était toute rouge d'excitation. Il regarda les broderies qu'elle était en train de faire.

Puis il se tourna vers elle et il prit ses deux

mains dans ses mains. Il dit qu'il envisageait de devenir son époux mais qu'il posait une condition à leurs épousailles. Il dit :

« On dit de toi, Colbrune, que tu es la plus habile brodeuse du village de Dives. Serais-tu capable de broder une ceinture aussi belle que celle-ci ? Personnellement, je n'y suis pas parvenu. »

En disant ces mots, Jeûne défit la ceinture historiée qui lui ceignait la taille et il la remit dans les mains de Colbrune.

Colbrune toucha la ceinture en rougissant parce qu'elle était encore tiède du corps de Jeûne le tailleur. Elle répondit :

« Je vais essayer, Jeûne, car j'ai le désir de devenir ta femme. J'espère que je te donnerai satisfaction. »

Colbrune travailla durant des jours. Elle veilla des nuits entières en s'efforçant de reproduire les motifs qui ornaient la ceinture. Mais les dessins étaient si enchevêtrés, les fils qui les nouaient si fins, les couleurs si variées qu'elle n'arrivait pas à faire quelque chose d'aussi parfait.

À la fatigue des veilles successives s'ajouta

la menace de ne jamais y parvenir. À la tristesse d'être une piètre ouvrière s'ajouta la détresse d'être refusée par Jeûne puisqu'elle allait manquer à sa promesse.

Le désespoir la gagna. Le goût de vivre se perdit en elle. Elle ne mangeait plus. Elle disait :

« Je l'aime. Je sais broder. Je travaille sans cesse mais j'ai beau faire, je n'y parviens pas. »

Elle se mettait à genoux et priait Dieu en pleurant. Elle disait :

« O toi, Seigneur du ciel et de la mort, qui que tu sois, viens à mon secours. Qu'est-ce que je ne donnerais pas pour être la femme de Jeûne le tailleur ? »

*

Une nuit, tandis que Colbrune était à sangloter, elle entendit qu'on frappait à sa porte. Elle prit la chandelle dans sa main.

Elle approcha son visage de la vessie de porc huilée qui protégeait la fenêtre du vent. Elle aperçut la silhouette d'un Seigneur.

Il était vêtu d'un habit magnifique. Il portait un pourpoint d'or, un baudrier d'or et une vaste cape blanche. Il continuait de frapper du poing sur la porte.

Colbrune entrouvrit la porte timidement. Le Seigneur lui dit :

« N'ayez crainte. Je suis un seigneur égaré dans la nuit. J'ai suivi la brume qui couvrait la rivière. J'ai vu votre lumière allumée dans la nuit. J'ai voulu reposer les sabots de mon cheval. Je l'ai attaché à votre haie. J'aimerais manger et boire aussi un peu si cela ne vous crée pas de gêne. »

Colbrune le fit entrer. Elle remit une branche coupée dans l'âtre. Elle lui offrit de son cidre fermenté. Elle contemplait son pourpoint d'or. Le Seigneur répéta :

« J'ai faim. »

Colbrune lui demanda de la pardonner d'être si distraite mais la fatigue de la nuit pesait sur elle. Elle ajouta :

« Voulez-vous que je vous prépare un gruau ? »

Le Seigneur répondit :

« Je préférerais une pomme. »

Colbrune prit le compotier et alla chercher au cellier des pommes. Elle lui tendit une pomme.

Le Seigneur croqua la pomme.

Tandis qu'il mangeait sa pomme, le Seigneur vit Colbrune qui essuyait furtivement ses larmes. Lui, il essuya ses lèvres. Il dit :

« Fille, tu pleures. »

Et elle lui rétorqua qu'il avait dit la vérité. Elle ajouta :

« J'aime Jeûne le tailleur. Si je travaille à une heure si tardive, c'est que j'ai promis à Jeûne de lui façonner une ceinture historiée. Mais au bout de cinq semaines de peine nuit et jour, je n'ai rien su faire qui vaille. Regardez plutôt ! »

Elle alla chercher la ceinture brodée et lui montra tous les essais infructueux qu'elle avait tentés dans le dessein de la reproduire.

Le Seigneur sourit et dit :

« Attends. Ou le monde est petit, ou le hasard est une chose étrange. Il me semble que j'ai dans la sacoche qui pend sur le flanc de mon cheval une ceinture qui lui ressemble singulièrement. »

Quand le Seigneur revint, quand ils comparèrent les deux ceintures, ils découvrirent que c'étaient exactement les mêmes. Pas un fil qui ne fût de la même couleur. Pas un dessin qui ne fût identique.

Alors Colbrune sanglota soudain. Elle dit :

« Je pleure parce que je suis pauvre. Cette ceinture vaut au moins la valeur d'un cheval, ou de sept vaches. Ou une agrafe d'or. Jamais je ne saurai vous l'acheter. Jamais je ne me marierai avec Jeûne. »

Le Seigneur lui dit d'arrêter sur-le-champ de s'abandonner aux larmes. Il s'approcha tout près d'elle et lui caressa les cheveux. Il lui dit :

« Je te donne cette ceinture pour rien, si tu le veux.

— En échange de quoi ? se rebiffa Colbrune, s'arrachant soudain des bras du Seigneur.

— En échange d'une simple promesse, dit le Seigneur.

— Laquelle ? demanda Colbrune.

— Que tu n'oublies pas mon nom, dit le Seigneur.

— Comment vous appelez-vous ? demanda Colbrune.

— Je m'appelle Heidebic de Hel », répondit le Seigneur.

Colbrune ne put s'empêcher de rire. Elle frappa ses mains. Elle dit :

« Comment oublierais-je un nom aussi simple : Heidebic ? Je pense plutôt que vous vous moquez de moi. »

Le Seigneur dit :

« Je ne me moque pas de toi, Colbrune. Mais ne ris pas si fort. Car si dans un an, le même jour, à cette même heure, au milieu de la nuit, tu as oublié mon nom, alors tu seras à moi. »

Colbrune rit de plus belle.

« C'est facile, dit-elle, de retenir un nom ! »

Elle se rapprocha et prit la ceinture des mains du Seigneur. Le Seigneur se leva de son banc. Colbrune reprit la parole :

« Mais je ne veux pas vous tromper, Seigneur. Je n'aime que Jeûne le tailleur. Je lui ai donné ma parole et je dois l'épouser aussitôt que je lui apporterai la ceinture. »

Le Seigneur dit :

« Tu m'as déjà dit quel engagement tu avais pris avec ton tailleur. Mais n'oublie pas l'engagement que tu as contracté avec moi. N'oublie pas mon nom. Dans le cas où la mémoire te trahirait, tant pis pour ton tailleur, tu seras obligée de me suivre. »

Colbrune dit :

« C'est vous qui vous répétez. Je ne suis pas idiote. Retenir le nom de Heidebic de Hel n'est pas une tâche plus difficile que retenir le nom de Colbrune et je ne vois pas que j'aie jamais eu beaucoup de difficulté à me souvenir de mon prénom. Vous avez été bon, Seigneur. Mais dans un an, je crains que vous ne serriez dans vos bras que du vent et du regret.

— Il en sera peut-être ainsi, dit le Seigneur de Hel avec un étrange sourire. Mais si je n'étais que de toi, je profiterais beaucoup du corps de Jeûne et je le serrerais très fort dans mes bras ! »

En prononçant ces mots, il avait remis sa cape qui était toute blanche. Il franchit le seuil de la porte, alla jusqu'à la haie, monta sur son cheval, repartit dans la nuit. Le Seigneur et son cheval s'engloutirent aussitôt dans la brume blanche qui couvrait la rivière.

*

Jeûne s'éveilla soudain. Il jeta un regard à la fenêtre : l'aube se levait à peine et déjà quelqu'un frappait à sa porte. Il sauta de son lit. Il se dit :

« J'espère que c'est Colbrune. Je pense qu'elle a achevé la ceinture. »

Il alla ouvrir. Penchés sur la table, ils regardèrent les deux ceintures. Ils comparaient. Ils riaient. Jeûne disait à Colbrune :

« Tu as des mains de fée. »

Colbrune rougissait. Elle se rengorgeait.

Les deux ceintures étalées devant eux étaient tellement semblables que ni l'un ni l'autre ne savaient plus quelle était celle que Jeûne lui avait confiée.

Colbrune dit tout à coup :

« Alors dès demain nous allons pouvoir publier nos bans. »

Jeûne lui répondit qu'il n'y avait pas lieu

d'attendre le lendemain, qu'ils allaient les publier le jour même. Il ajouta :

« Je suis fier d'épouser une ouvrière qui est parvenue à exécuter ce que je n'ai pas été capable de mener à bien. »

Il lui prit les mains. Il tira son corps vers lui. Ils s'étreignirent.

Ils se marièrent. Le douaire de Jeûne était : une maison de bois sur le bord de la Dives, dix lés de tissu, un marteau, deux épées. La dot de Colbrune était : une table en bois, une chaise, un briquet à amadou et une chandelle, un rouet, un fuseau, une pomme et un cercle. Devant tous Jeûne offrit à Colbrune sa ceinture historiée et la lui noua. Devant tous Colbrune offrit à Jeûne sa ceinture historiée et ce fut lui qui la noua lui-même sur son ventre. Tous deux, ceints de leur ceinture historiée, burent chacun un bol de pré et un bol de cidre devant tout le bourg de Dives et ainsi les cérémonies des épousailles de Jeûne et de Colbrune furent-elles conclues avec l'accord de tous.

Le forgeron présida le mariage, entouré

du marinier, du pelletier, du pêcheur et des faiseurs de charpentes et de pains.

Colbrune monta sur une vache et se rendit à la maison de Jeûne. Jeûne donna les clés à son épouse.

Elle pelleta les cendres dans l'âtre. Elle se baigna, releva ses cheveux et les noua sur la nuque avec le ruban, prit le marteau dans la main droite, s'allongea sur la couche, ouvrit ses jambes et le reçut. Ils furent heureux l'un de l'autre. Neuf mois passèrent.

À la fin du neuvième mois, un jour que Colbrune était en train de broder la silhouette d'un coursier noir sur son cercle, son visage se décomposa tout à coup.

Colbrune se souvint du Seigneur qui était venu la visiter un soir où elle pleurait, alors qu'elle avait laissé sa lumière allumée dans la nuit, la veille du jour où elle s'était mariée avec Jeûne. Elle se souvint de la promesse qu'elle avait faite. Elle était sur le point de se souvenir du nom du Seigneur quand tout à coup ce nom fuit son esprit.

Le nom était sur le bout de sa langue mais elle ne parvenait pas à le retrouver. Le nom flottait autour de ses lèvres, il était tout près d'elle, elle le sentait, mais elle n'arrivait pas à se saisir de lui, à le remettre dans sa bouche, à le prononcer.

Elle était bouleversée. Elle se leva.

Elle avait beau chercher dans sa mémoire, elle ne se souvenait pas du nom du Seigneur mystérieux. Ses yeux s'emplirent d'épouvante.

Elle tourna dans la chambre.

Elle avait beau refaire les gestes qu'elle avait faits ce soir-là, elle avait beau aller chercher des pommes dans le cellier avec le compotier de faïence, elle avait beau remettre ses pieds dans ses pas, elle avait beau penser à la cape blanche, au cheval noir et au baudrier d'or, elle avait beau répéter tout haut les phrases qu'elle avait dites cette nuit-là, elle se souvenait des gestes, de la pomme qui craquait sous les dents du Seigneur, de son pourpoint, des mots, des phrases, mais elle ne se souvenait pas du nom.

*

Elle perdit le sommeil.

La tristesse envahit la chambre à coucher. Durant la nuit elle avait peur, elle se refusait à son mari, elle se retournait dans son lit cherchant le nom qu'elle avait perdu.

Son mari s'étonna.

La tristesse après avoir envahi la chambre à coucher gagna la cuisine. Colbrune faisait brûler les plats. Quand les plats n'étaient pas brûlés, elle oubliait de mettre la table. Elle ne pelletait plus les cendres dans l'âtre et la cheminée se salissait et fumait. Même, il lui arriva d'oublier de faire les repas — tant elle était occupée à chercher dans l'épouvante le nom qu'elle avait perdu.

Son mari se fâcha.

Elle maigrissait. Elle avait de nouveau l'apparence d'une épine. La tristesse, après avoir envahi la chambre à coucher et la cuisine, gagna le verger. Elle ne s'occupait plus des salades qui montaient. Elle n'arrachait plus les carottes de la terre. Les lapins attendaient les fanes des légumes avec inquiétude.

Comme le verger ne donnait plus de pommes ni de poires, les oiseaux le désertèrent. Tout devint silencieux.

Alors Colbrune errait sous les branches des arbres, sans lever la tête, bossue, sans rien voir, cherchant le nom qu'elle avait perdu.

Son mari la gifla soudain.

Colbrune tourna vers Jeûne sa tête en larmes. Il lui prit les mains et il lui demanda avec un air mécontent la raison d'un tel changement dans sa conduite. Pourquoi la tristesse s'était-elle abattue sur eux ?

Pourquoi ne mangeait-elle plus ? Pourquoi repoussait-elle ses bras quand ils étaient couchés l'un contre l'autre et pourquoi pleurait-elle toute la nuit au fond de ses poumons ? Pourquoi le verger était-il devenu silencieux ? Pourquoi l'âtre était-il devenu froid ? Pourquoi errait-elle la tête baissée dans la maison, comme une femme folle dans le jardin, remuant les lèvres comme si elle cherchait à dire quelque chose et qu'elle ne se décidait pas à le dire ?

Colbrune ne put rien répondre. Elle avait mal à sa joue tant la gifle avait été forte.

Ses sanglots redoublèrent. Elle plongea sa tête dans les bras de son époux en reniflant. Elle n'arrêtait pas de hoqueter et de pleurer. Jeûne caressait les cheveux de son épouse. Il lui dit :

« Tu pleures trop. Je t'appellerai Dives tellement du pleures. Je t'appellerai comme le fleuve qui traverse notre village, dont l'eau fait nos fruits, où nos chevaux s'abreuvent, où nos vaches boivent, où notre linge trempe, qui fait notre soupe, qui nettoie nos visages et nos mains et où toute l'année les poissons ouvrent la bouche sans finir comme tu fais tout le long de la journée. »

Subitement elle fit quatre pas en arrière. Le visage de Colbrune était tout pâle. Ses pleurs avaient cessé. Elle dénoua sa ceinture, la lui tendit.

Elle se tenait toute droite devant lui, l'air résolu. Colbrune dit :

« Je t'ai abusé. J'ai de la honte. Cette ceinture n'est pas la mienne. Je n'arrivai pas à la broder. J'ai usé d'un subterfuge. Une nuit, au milieu de la nuit, tandis que je pleurais de ne pouvoir la faire, j'avais laissé ma chandelle allumée. Un Seigneur a frappé à ma porte. Il avait attaché son cheval à la barrière. Il portait une grande cape blanche. Il m'a donné cette ceinture et moi je lui ai donné ma parole d'être à lui si j'oubliais son nom, après qu'un an serait passé. Plus de neuf mois ont passé. Qu'est-ce qu'un nom ? Qu'y a-t-il de plus facile à retenir qu'un nom ? Le mot ceinture, comment l'oublier ? Le mot amour, comment ne pas le retenir ? Ton nom, je mourrai en l'ayant sur les lèvres. Pourtant ce nom m'a échappé. »

Le tailleur s'approcha, prit la ceinture, prit son épouse dans ses bras.

« Ne pleure pas, lui dit-il. Je t'aime. Ou bien je retrouverai ce nom. Ou bien je retrouverai ce Seigneur. »

*

Le lendemain, avant l'aube, Jeûne se leva. Il s'habilla. Il demanda à Colbrune par où était parti le Seigneur quand il l'avait quittée. Elle dit :

« Par là. »

Il y alla. Il suivit le lit de la rivière. Il péné-tra dans la forêt. Il parla aux bûcherons. Il fouilla les taillis. Il escalada les roches.

Au bout de deux jours de marche, il s'assit sur une souche parce que la fatigue l'avait gagné. Il se mit à pleurer. C'était déjà la moi-tié du dixième mois. Soudain il vit un lape-reau devant lui qui dressait son museau. Le petit lapin dit :

« Pourquoi pleures-tu ?

— Je cherche le Seigneur qui a une cape blanche. »

Le lapereau dit :

« Suis-moi ! »

Jeûne se leva et le suivit.

Le lapereau le conduisit à son terrier dis-simulé sous la mousse. Jeûne s'accroupit. Il se mit à quatre pattes. Il entra. Il descendit sous la terre. Il arriva dans l'autre monde. Il vit un grand château blanc qui brillait dans la nuit. Le pont-levis était baissé. Il franchit le pont-levis.

Dans la cour, des palefreniers frottaient les chevaux.

Au milieu de la cour carrée, des serviteurs

briquaient un grand carrosse d'or. D'autres nettoyaient les portières.

Jeûne s'approcha des serviteurs. Il leur dit avec respect :

« Puis-je vous demander pourquoi vous astiquez ce carrosse ?

— Notre maître se prépare à remonter sur terre bientôt pour y chercher une jeune brodeuse dont il veut faire son épouse, dirent les serviteurs.

— Vraiment le carrosse que vous êtes en train de briquer est magnifique, dit Jeûne. Dites-moi, en vérité, comment se pourrait-il que le Seigneur qui possède un carrosse aussi magnifique ne possède pás un nom magnifique ?

— Cela est vrai, dirent-ils. C'est le carrosse de Heidebic de Hel. »

Jeûne frissonna.

« Vous direz à Heidebic de Hel que Jeûne le tailleur le salue. »

Il salua un à un les serviteurs et les palefreniers qui entouraient le carrosse. Les palefreniers et les serviteurs, chacun à leur tour, lui rendirent son salut.

Il quitta le château. Il remonta du Hel. Il faut dire que le Hel est le nom de l'enfer chez les anciens habitants de la Normandie.

Il faut dire que l'enfer est le nom du monde pour tous les habitants du monde.

Il sortit du terrier. Revenu à l'air libre, il courut vers le bourg de Dives. Il répétait le nom de Heidebic de Hel. Il le gardait bien en tête en le répétant. Il s'appliquait pour le redire.

Arrivé à la rivière, il vit le reflet de sa maison dans l'eau. Il s'arrêta. Il trouva belle cette image qui flottait sur la Dives. Il posa la main sur le parapet. Il contempla le reflet de sa maison qui brillait à la surface de l'eau. Tout à coup, il eut faim.

En se redressant, il chercha à réciter le nom : il était là, tout près de lui, il était sur le bout de sa langue. Il flottait autour de sa bouche comme une brume. Tantôt il s'approchait, tantôt il s'éloignait du bord de ses lèvres. Mais quand il fallut le dire à sa femme, le nom lui fit défaut.

*

Il se reposa deux jours. Colbrune tremblait la nuit dans les bras de Jeûne tant elle avait peur d'être séparée de lui. Arriva le onzième mois. Il partit, suivit la rivière, entra dans la forêt. Bien qu'il cherchât sous les mousses, il ne retrouva pas le terrier. Il demandait aux bêtes où était le monde sous la terre et les bêtes demeuraient silencieuses ou bien le fuyaient. Il avança très loin dans la forêt.

Soudain il arriva au bout de la forêt devant l'océan.

Il était las. Il s'assit à l'extrémité d'une roche qui avançait dans l'eau et que les vagues battaient. Il pleura.

Une sole apparut à la surface de la mer. Elle lui dit :

« Pourquoi pleures-tu ? »

Jeûne regarda la sole dans les petites vagues blanches et lui dit :

« Je cherche le Seigneur qui a une cape blanche et un baudrier d'or. »

La sole dit en plongeant dans la mer :

« Suis-moi. »

Il plongea dans l'océan. Il toucha le fond de la mer. Derrière le mur des algues, il vit un grand château blanc qui brillait dans l'obscurité. Le pont-levis était baissé. Il le franchit.

Dans la cour, des soldats étaient en train de seller des coursiers noirs.

Au milieu de la cour carrée du château, des serviteurs étaient en train de placer des coussins rouges dans le carrosse. Des cuisiniers apportèrent des aiguières et des plats avec des couvercles d'argent qui sentaient très bon et qu'ils rangeaient avec soin dans des compartiments qui se trouvaient à l'intérieur des portières.

Jeûne s'approcha des cuisiniers et leur dit avec respect :

« Puis-je vous demander pourquoi vous mettez ces nourritures dans les portières ?

— Notre maître se prépare pour chercher une jeune brodeuse sur la terre et il tient à lui donner une petite collation durant le voyage.

— Vraiment ces odeurs sont extraordinaires, dit Jeûne. Dites-moi, en vérité, comment se pourrait-il que celui qui a fait préparer une nourriture si extraordinaire ne porte pas lui-même un nom extraordinaire ?

— Cela est vrai, dirent-ils. C'est celle que mange tous les jours Heidebic de Hel. »

Jeûne se lécha les lèvres.

« Vous direz à Heidebic de Hel que Jeûne le tailleur le salue. »

Il salua un à un les cuisiniers qui entouraient le carrosse. Les cuisiniers et les serviteurs, chacun à leur tour, lui rendirent son salut.

Il remonta du château de la mer. Il creva la surface de la mer. Il s'ébroua sur la rive. Il traversa la plage. Il pénétra dans la forêt. Il courait, il répétait le nom de Heidebic de Hel. Il le gardait bien en tête en le répétant. Il s'appliquait à le redire.

Il traversa la forêt. Il sortit de la forêt et s'engagea dans la vallée. Il suivit la rivière. Il passa le pont. Sur le pont, il vit sa femme qui courait vers lui en l'appelant. C'était une journée si douce. C'était le crépuscule. Sa femme criait son nom. Derrière sa femme le soleil se couchait. Aussi vit-il son ombre immense qui courait devant elle, que l'astre couchant projetait sur les pavés de bois du pont. Il avait faim, il était fatigué. Il s'immobilisa devant cette ombre immense qui venait vers lui.

Quand il prit sa femme entre ses bras et qu'elle lui demanda s'il avait retrouvé le nom et qu'il voulût bien le lui confier, il ne le trouva pas aussitôt : ce n'est pas que le nom fût loin, il était là, tout près de lui, il était sur le bout de sa langue. Il flottait autour de sa bouche comme une ombre. Tantôt il s'approchait, tantôt il s'éloignait du bord de ses lèvres. Mais quand il fallut le dire à sa femme, le nom lui fit défaut.

*

Il se reposa deux jours. Colbrune ne se couchait même plus de la nuit. Elle errait dans la maison. Elle cherchait à retrouver le nom. Elle était pleine de terreur. Arriva le douzième mois. Il quitta la maison. Il suivit la rivière. Il franchit le pont. Il entra dans la forêt et ne retrouva pas le lapereau. Il sortit de la forêt et vint sur le rivage. Il avança à la pointe de la roche. Aucun poisson ne lui parla. Il vit au loin la presqu'île et la montagne.

Il gagna la montagne. Il monta durant des jours et des jours.

Arrivé à mi-hauteur, le flanc de la montagne était si escarpé qu'il ne put plus grimper plus haut. Jeûne regarda ses doigts : ils étaient en sang. Comment ses doigts si fins de tailleur pourraient-ils coudre désormais ? Pourraient-ils même passer le fil dans le chas ? Ils étaient tout aplatis par les roches et saignaient. Il pleura.

Une buse se posa près de lui.

La buse replia lentement ses immenses ailes et lui dit :

« Pourquoi pleures-tu, accroché à mi-roche ? »

Jeûne lui dit :

« Je cherchais le Seigneur qui a une cape blanche, un baudrier d'or et un grand coursier noir. Mais je ne peux plus monter plus haut. »

La buse dit :

« Suis-moi.

— Je ne sais pas voler, lui dit le tailleur.

— Il ne s'agit pas de voler, lui dit la buse. Il s'agit de ne pas tomber !

— Cela ne sert à rien, dit Jeûne. De toute façon je ne retiendrai pas ce nom que ma femme demande. Je vais redescendre.

— Suis-moi. Ce n'est pas loin, lui rétorqua la buse, je vais te montrer la faille de la montagne. »

En effet ce n'était pas loin. La buse voletait. Jeûne la suivait en s'accrochant aux roches. En déployant son aile, elle lui montra la faille de la montagne.

Il descendit dans la montagne. Cela dura des jours. Au fond du gouffre, il vit un grand château blanc qui brillait loin dans l'abîme. Il s'élança. Il tomba sur ses genoux. Il franchit le pont-levis qui était baissé en se frottant les genoux.

Dans la cour les chevaliers étaient en train de se hisser sur leur selle.

Au milieu de la cour carrée du château, quatre soldats montèrent sur le toit du carrosse d'or et brandirent leurs armes.

Jeûne s'approcha des soldats et leur dit avec respect :

« Puis-je vous demander pourquoi vous montez sur ce carrosse vide en faisant briller vos armes ?

— Notre maître va arriver d'un instant à l'autre pour aller chercher une jeune brodeuse sur la terre et il nous faut le protéger.

— Vraiment ces armes ont un éclat qui ne se compare à rien, dit Jeûne. Dites-moi, en vérité, comment se pourrait-il que celui qui possède des armes aussi éclatantes ne porte pas lui-même un nom éclatant ?

— Cela est vrai, dirent-ils. Elles appartiennent toutes à Heidebic de Hel. Mais maintenant dégagez le chemin car nous nous apprêtons à partir. »

Jeûne se prit à courir en criant derrière lui :

« Vous direz à Heidebic de Hel que Jeûne le tailleur le salue. »

Il courait. Il se hissait sur les roches comme un chamois. Il remonta du Hel. Il se mit à courir. Il répétait le nom de Heidebic de Hel.

Il le gardait bien en tête en le répétant. Il s'appliquait à le redire.

*

À Dives, Colbrune attendait Jeûne. Elle était maigre. Elle recherchait le nom oublié. Elle tremblait. On n'était plus qu'à trois jours du jour fatidique et Jeûne n'était toujours pas de retour. Elle cherchait au fond d'elle-même mais ne retrouvait pas le nom qu'elle recherchait. Elle transpirait le sang tant elle redoutait d'être arrachée à Jeûne. Elle monta sur un tabouret. Elle saisit une des épées de Jeûne qui étaient suspendues à la poutre. Elle affûta l'épée pour mourir. Elle ne voulait pas que le Seigneur la prît pour femme. Elle ne voulait avoir appartenu qu'à Jeûne.

*

Il répétait le nom. On était le vingt-neuvième jour du douzième mois. Jeûne redescendit la montagne en sautant de roche en roche. Il rejoignit la grève. Il courait. Il suivit

la plage jusqu'à la forêt. On était le tren-
tième jour du douzième mois. Il courait. Il
pénétra dans la forêt et il la traversa. On était
le trente et unième jour du douzième mois.
La nuit était tombée. Il était onze heures de
la nuit. Il courait. Il passa le pont. Il n'y avait
pas de reflet que pût reproduire l'eau de la
rivière et il n'y avait pas d'ombres qu'elles ne
se fondissent aussitôt dans la nuit.

Il poussa la porte et ne regarda pas sa
femme qui transpirait le sang dans l'effroi.
Elle tenait l'épée dans la main. Elle lui tour-
nait le dos. Elle était assise devant l'âtre. La
pointe de l'épée reposait sur le sol.

Il cria :

« Heidebic de Hel, voilà le nom du
Seigneur ! »

Il s'effondra par terre. Colbrune se
retourna. Quand Colbrune se leva, le premier coup de minuit sonna, le vent soudain
souffla, la porte s'ouvrit, le Seigneur du Hel
apparut dans l'encadrement de la porte. Il
était vêtu d'un costume magnifique sous sa
grande cape blanche ; un baudrier d'or lui

ceignait la taille. Derrière lui on voyait le car-rosse d'or qui brillait sur le fond de la nuit.

Le Seigneur s'avança en riant. Il voulut prendre Colbrune par la main. Elle retira sa main, s'inclina en avant et dit :

« Pourquoi veux-tu me prendre la main, Seigneur ?

— Te souviens-tu de mon nom, Colbrune ?

— Bien sûr que je me souviens du nom que vous portez. Connaissez-vous beaucoup de femmes qui oublient le nom de leur bien-faiteur ?

— Quel est mon nom ? demanda le Seigneur.

— Attendez seulement que ma langue l'apporte. Attendez seulement que mes lèvres le prononcent.

— Quel est mon nom ? » cria le Seigneur.

Colbrune dit doucement, en souriant :

« Heidebic de Hel est votre nom, Seigneur. »

Alors le Seigneur poussa un cri. Tout devint noir. Tout s'éteignit comme cette chandelle que j'éteins en parlant.

Tous ceux qui parlent éteignent la lumière.

On entendit seulement un bruit de galop dans la nuit.

*

Quand Colbrune eut le courage d'ouvrir de nouveau les yeux, le carrosse n'était plus là.

Colbrune était penchée sur le corps de Jeûne évanoui et lui embrassait les lèvres.

La nuit était si noire, comme elle l'est demeurée de nos jours, que Colbrune dut frotter la pierre du briquet afin d'allumer une chandelle près du visage de l'homme sur lequel elle penchait ses cheveux et sa tête, et à qui elle tendait ses lèvres, et qui respirait doucement.

*

Jeûne était maigre. Son ventre gargouillait de faim. Colbrune mit un genou à terre, la chandelle à la main.

« Oramus ergo te, Domine : ut cereus iste

in honorem tui Nominis consecratus, ad noctis hujus caliginem destruendam, indeficiens perseveret. » (Nous vous en prions, Seigneur, faites que ce cierge, consacré au souvenir de votre Nom, brûle sans s'éteindre, pour dissiper l'obscurité de cette nuit.)

Jeûne se réveilla. Il était faible. Sa face était pâle. Colbrune lui prit la main et le tira pour qu'il se redressât. Ils se mirent tous deux à genoux devant la chandelle allumée. Ils dirent cette prière :

« Oramus ergo te, Domine : ut cereus iste in honorem tui Nominis consecratus, ad noctis hujus caliginem destruendam, indeficiens perseveret » (Nous vous en prions, Seigneur, faites que ce cierge, consacré au souvenir de votre Nom, brûle sans s'éteindre, pour dissiper l'obscurité de cette nuit).

Durant une minute ils tremblèrent puis ils furent heureux toute une vie. Leurs enfants et les enfants de leurs enfants se multiplièrent et enfin ils moururent laissant une table ; une chandelle ; un fil ; un rouet pour tirer ce fil de la laine des bêtes ; un fuseau pour l'embobeliner ; et ma voix pour les dire.

Petit traité sur Méduse

Nous quittâmes l'Eure et la rive de l'Avre. J'avais deux ans. Nous déménageâmes en Normandie, au Havre. Le port, la ville commençaient à se reconstruire. Nos chambres donnaient sur des ruines sans fin au bout desquelles on percevait la mer.

Ma mère se tenait toujours à l'extrémité de la table à manger, le dos à la porte de la cuisine. Brusquement, ma mère nous faisait taire. Son visage se dressait. Son regard s'éloignait de nous, se perdait dans le vague. Sa main s'avançait au-dessus de nous dans le silence. Maman cherchait un mot. Tout s'arrêtait soudain. Plus rien n'existait soudain.

Éperdue, lointaine, elle essayait, l'œil fixé sur rien, étincelant, de faire venir à elle dans le silence le mot qu'elle avait sur le bout de la langue. Nous étions nous-mêmes sur le bord de ses lèvres. Nous étions aux aguets, comme elle. Nous l'aidions de notre silence — de toute la force de notre silence. Nous savions qu'elle allait faire revenir le mot perdu, le mot qui la désespérait. Elle hélait, hallucinée, sa masse vacillante dans l'air.

Et son visage s'épanouissait. Elle le retrouvait : elle le prononçait comme une merveille. C'était une merveille. Tout mot retrouvé est une merveille.

*

Comme celui qui tombe sous le regard de Méduse se change en pierre, celle qui tombe sous le regard du mot qui lui manque a l'apparence d'une statue.

Comme Orphée qui se retourne, soudain, pour vérifier, pour s'assurer que son amour est là, qu'il est bien en train de remonter à sa suite de l'enfer, pétrifie la renaissance d'une émotion sous la forme mensongère d'un souvenir, la contention où plonge la recherche du nom immobilise le retour auquel elle s'applique. Elle entrave ce qu'elle espère.

Cette expérience du mot qu'on sait et dont on est sevré est l'expérience où l'oubli de l'humanité qui est en nous agresse. Où le caractère fortuit de nos pensées, où la nature fragile de notre identité, où la matière involontaire de notre mémoire et son étoffe exclusivement linguistique se touchent avec le doigt. C'est l'expérience où nos limites et notre mort se confondent pour la première fois. C'est la détresse propre au langage humain. C'est la détresse devant ce qui est acquis. Le nom sur le bout de la langue nous rappelle que le langage n'est pas en nous un acte réflexe. Que nous ne sommes pas des bêtes qui parlent comme elles voient.

*

Qu'un mot puisse être perdu, cela veut dire : la langue n'est pas nous-mêmes. Que la langue en nous est acquise, cela veut dire : nous pouvons connaître son abandon. Que nous puissions être sujets à son abandon, cela veut dire que le tout du langage peut refluer sur le bout de la langue. Cela veut dire que nous pouvons rejoindre l'étable ou la jungle ou l'avant-enfance ou la mort.

*

Vus d'avion, des champs de céréales laissent affleurer parfois l'ombre humide de ruines passées que nul ne désenfouira parce que aucune appropriation ne peut être tentée sur des terres aussi vastes et aussi riches. Sont-elles des *villae* romaines ? Sont-elles des vieux sanctuaires néolithiques ? Sont-elles des camps celtes ou trahissent-elles une vieille usine du XIXe siècle qui a été rasée récemment ? Ce sont ces ombres en nous qui surgissent en relief, sans réalité, sans capacité de les réveiller dans la distance que procure la défaillance d'un mot. C'est une ombre qui se presse et qui sans cesse est happée de nouveau dans l'abîme à l'intérieur du corps. Dans l'abîme de la gorge. Ou encore une vapeur qui fuit à l'extérieur de soi, légère masse d'un mot qu'on a laissé s'échapper dans l'air qui environne et qui s'y est émiettée.

*

Soudain, je suis un reliquaire dont la relique s'évade, qui semble consentir à revenir, et qui fuit.

J'ai la mémoire de ce dont je ne me souviens pas.

Ma mère, s'il est un souvenir qui me retient à elle, comme la main au bras, c'est cette scène.

C'est la scène qui me la restitue tout entière. Elle est moi alors comme aussi peu la langue dans ma bouche. Elle est ce regard perdu où nous n'importions pas.

*

J'ai perdu deux fois le langage. À dix-huit mois je me suis tu. Je mangeais dans le noir sur une table bleue à claies dont je me souviens mieux que de moi-même. Elle se pliait. C'était ma table de silence.

C'est pourquoi je n'ai jamais pu écrire sur une table ou un bureau et que je n'en posséderai jamais.

La violence ne m'a jamais paru connaître une notion comme l'épargne. J'étais cet enfant que le silence a passionné. J'étais cet enfant qui misait la totalité de sa vie sur l'effort de ma mère pour retrouver un nom dont elle avait mémoire en en étant privée. Je m'identifiais tout entier au mouvement de penser de ma mère reparcourant avec détresse les canaux et les chemins où un mot s'était dérouté. Plus tard, je m'identifiai au père de ma mère. Plus tard, je m'identifiai au grand-père de ma mère. Ce faisant je ne faisais que justifier une identification programmée dès avant mon arrivée à l'air par ma mère, puisque les deux petits noms associés à mon prénom étaient leurs prénoms — Charles, Edmond. Enfant, il me parut qu'il fallait acquérir le savoir philologique, grammatical et romain de mon grand-père pour devenir le poète qu'aurait voulu être mon arrière-grand-père. Tous les deux avaient professé à la Sorbonne. Tous les deux avaient collectionné les livres. C'est ainsi que j'aurai absurdement cherché à rebrousser le temps. C'est ce qui m'a jeté sur les rives de Rome, qui m'a jeté dans les ruines d'Ur, jeté enfin dans les grottes les plus anciennes aux parois silencieuses et graffitées. Nos vies sont les sujettes d'étranges tyrannies qui sont des erreurs. Il est curieux de noter que des livres que j'ai écrits ont connu le succès en déterrant de vieux fantômes morts inconnus qui portaient en eux plus d'avenir que des vivants. Les livres sont ces ombres des champs. J'étais cet enfant précipité sous la forme de cet échange silencieux avec le langage qui manque. Je fus ce guet silencieux. Je devins ce silence, cet enfant en « retenue » dans le mot absent sous forme de silence. Cette dépression d'enfant eut lieu après que nous déménageâmes au Havre, parce que me quittait une jeune femme allemande qui s'occupait de moi tandis que ma mère était alitée et malade et que j'appelais Mutti. Je devins mutique. Je parvins à m'ensevelir dans ce nom encore plus cher que celui de ma mère et qui était par malheur une injonction. C'était un nom non pas au bout de ma langue mais au bout de mon corps et le silence de mon corps était seul capable d'en rendre présente, en acte, la chaleur. Je n'écris pas par désir, par habitude, par volonté, par métier. J'ai écrit pour survivre. J'ai écrit parce que c'était la seule façon de parler en se taisant. Parler mutique, parler muet, guetter le mot qui manque, lire, écrire, c'est le même. Parce que la dépossession fut le havre. Parce que c'était la seule façon de demeurer abrité dans ce nom sans tout à fait m'exiler du langage comme les fous, comme les pierres, qui sont malheureuses comme elles-mêmes, comme les bêtes, comme les morts.

Je fus de nouveau contraint à me taire quand j'eus l'âge de seize ans. Je tais pourquoi. Ce conte que j'intitule *Le nom sur le bout de la langue* est mon secret.

PREMIÈRE PARTIE

La défaillance que je veux indiquer est une expérience commune à tous. Sa particularité tient à ce que, tout en étant indicible, tout en étant l'expérience concrète de l'indicible en nous, tout en étant la difficulté à dire l'acquisition du langage et la mort comme destins, elle n'est jamais vague. Il se trouve que la difficulté que présente la fonction de la mémoire n'est pas celle du stockage de ce qui s'est imprimé dans la matière du corps. C'est celle de l'élection, du prélèvement, du rappel et du retour d'un unique élément au sein de ce qui a été stocké en bloc. L'oubli n'est pas l'amnésie. L'oubli est un refus du retour du bloc du passé sur l'âme. L'oubli ne se confronte jamais à l'effacement de quelque chose de friable : il affronte l'enfouissement de ce qui est insupportable. Retenir est l'opération qui consiste à organiser l'oubli de tout ce « reste » qui doit tomber afin de préserver ce dont on souhaite le retour. C'est ainsi que revenir met en place la pénurie et la dépossession. La mémoire est d'abord une sélection dans ce qui est à oublier, ensuite seulement une rétention de ce qu'on entend mettre à l'écart de l'emprise de l'oubli qui la fonde. C'était cela, apprendre par cœur. C'est pour cela que l'enfant pose la main à plat sur la page : pour aveugler ce qui doit revenir. L'oubli est l'acte agressif et premier qui gomme et qui classe, désenfouit et enfoui — et les conjoint à jamais — l'oublié et le retenu.

C'est dans cette mesure que les mots qui ne veulent pas revenir sur nos lèvres détiennent sur nous un pouvoir non proportionné à leur carence. Ils font anticiper un savoir, dans leur dévoiement, qui renvoie au dégoût. Ils vénèrent une émotion ou une peur que nous ne pouvons commander parce qu'ils nous manquent dans le dessein qu'elles nous manquent, et dans le dessein qu'elles nous manquent d'autant plus qu'elles furent vécues avant le langage en nous, c'est-à-dire avant son incrustation et la seule corde de rappel possible, qui n'est jamais qu'une corde de langue. C'est la détresse de ce qui a manqué à être, de ce qui est né, qui se dissimule derrière la détresse du mot acquis qui fait défaut.

L'oubli est initial. C'est l'amnésie propre à l'enfance. Pour redoubler la difficulté de cette défection, cette amnésie initiale elle-même est double. Deux amnésies errent en nous : l'origine et l'enfance. L'amnésie est notre origine en ce qu'elle concerne notre conception dans le *coire* des deux corps qui nous firent eux-mêmes dans le non-savoir de la conséquence de ce qu'ils étaient en train de faire en faisant tout autre chose. Elle est notre enfance en ce qu'elle concerne le retard de son fonctionnement avant même l'accession au langage national ou culturel. C'est ainsi que chez les hommes la maturité des structures limbiques du cerveau n'est atteinte qu'à l'âge de quatre ou cinq ans. Les premiers souvenirs émergent en général vers l'âge de trois ou quatre ans. Ils poignent, puis ils s'ébrouent sur la rive du langage sur laquelle ils prennent pied. Jusque-là, on vit, on ne se regarde pas vivre parce qu'on ne peut pas se regarder vivre. Cette fusion est biologique. La tête apprend peu à peu l'oubli de l'oubli. Apprendre par cœur l'oubli de l'oubli, cela veut dire mémoriser peu à peu des objets à la place des liens.

Aussi faut-il dénombrer au moins trois mémoires : la mémoire de ce qui n'a jamais été (le fantasme) ; la mémoire de ce qui a été (la vérité) ; la mémoire de ce qu'on n'a pu recevoir (la réalité). Un souvenir est à chaque fois autre chose qu'une trace mnésique inerte mise au jour sous les yeux d'une tête qui se tourne en arrière vers l'enfer. Pour que cette trace revienne, il faut que l'hallucination qui nie la perte ait subi une si terrible carence, un si douloureux sevrage, une si intolérable faim, qu'elle en vienne à voir la chose qui n'est pas et à la retracer. Qu'elle voie l'Ersatz. Cela s'appelle rêver. Tout rêve est un sein maternel qu'on fait venir en l'absence de son lait. Tout rêve est lui-même cette pénurie. C'est une tétée de l'irréel. C'est le lit étrange de la mémoire du triple passé : qu'il n'ait jamais été, qu'il ait été, qu'il se soit refusé.

Aussi, toujours, toute parole est incomplète. Toute parole est incomplète deux fois, même dans l'hypothèse où la mémoire serait une action entièrement volontaire. Une fois, parce qu'elle n'a pas toujours été (parce que le langage est acquis). Une seconde fois, parce que la chose manque au signe (parce qu'elle est langage). Tout nom manque sa chose. Quelque chose manque au langage. Aussi faut-il que ce qui lui est exclu pénètre la parole et qu'elle en souffre. C'est ce mot.

Toute parole cherche à joindre quelque chose qui s'échappe. Tout nom ouvre la nostalgie qui se tient derrière la nostalgie, entre l'enfer de la trace et l'Ersatz de l'hallucination. Ce non-retour du mot, cette nostalgie, cette souffrance du non-retour est le langage. La parole offre le désir à la mémoire qui l'adresse au rêve et surtout se consacre — et y construit son identité — non dans l'affluence incessante du retour mais dans le choix de l'oubli.

Le nom sur le bout de la langue, c'est la

nostalgie de ce qu'elle n'étreint pas. Cette nostalgie est première parce que ce manque du langage chez les hommes est premier. Elle précède l'objet perdu ; elle précède le monde. Cette nostalgie invente avec ses mots toujours en retard la chimère de fusion ou l'image de continu qui l'auraient précédée et à partir desquelles les objets peuvent prendre leur relief et la forme globale du corps autre, dont on procède, vient fasciner. La nuit est à la source des mots : le rêve qui hallucine des choses qui ne sont pas les fait naître. Ainsi la nuit terrifiante, la nuit inapprochable qui est à leur source, est aussi leur destin. Même le désir qui croit désirer un corps visible est voué à cette nuit. C'est leur défaut qu'il désire dans les corps qu'il étreint. C'est cette nuit que fixe le regard de celui qui a un nom qui est sur le bout de la langue. Il guette son rêve. Il rêve un assouvissement lui-même irréel. Le langage n'est jamais plus proche de sa vérité que quand il rêve une hallucination. Les romans sont plus vrais que les discours. Un essai papote toujours un peu et fuit la nuit de son silence à toute allure dans le langage et dans la peur. C'est une souffrance qui peut plonger dans l'ébriété, qui peut plonger dans les œuvres.

DEUXIÈME PARTIE

En 1899, Sigmund Freud a écrit soudain, dans un livre sur le rêve, cette phrase qui met brutalement à genoux la pensée et qui d'un coup emplit de honte tout le langage : « Das Denken ist doch nichts anderes als der Ersatz des halluzinatorischen Wunsches. » (La pensée n'est pas autre chose que le substitut du désir hallucinatoire.) D'une part, toute pensée, originairement, est menteuse. D'autre part, tout mot est un mensonge. « Ersatz » est le mot de Freud. Songe et mensonge sont les mots où joue notre langue. Autrefois on disait sublimé, sublime. La pensée est vouée à la fiction parce qu'elle est vouée à nier quelque chose d'absent. Les deux matériaux dont est constituée la pensée humaine sont l'absence, l'écart avec le réel, la négation, l'écart avec l'absence.

Nous avons un blanc à notre source. Nous éprouvons l'impossible pensée de l'originaire. En éprouvant l'impossible pensée de l'originaire, nous éprouvons l'impossible pensée de nous-mêmes. Nous sommes venus d'une scène où nous n'étions pas — mais que notre désir représente et que nos rêves reproduisent. C'est pourquoi le signe du rêve est l'érection, qui est en effet le signe dont a besoin la scène.

*

Cette tête qui se dresse soudain, la contention du corps qui cherche à faire revenir le mot perdu, ce regard parti au loin, ce regard impliqué dans la recherche de ce qui ne peut revenir — l'ensemble de cette tête est impérieusement sexuel.

*

Dans la recherche du mot perdu, le silence est cette érection. Mais cette quête du langage humain a lieu dans le jour. Le sommeil l'a quittée. La nuit l'a quittée. Une érection que le rêve a quittée, c'est la défaillance.

*

Où apparaît la mort, chez les hommes, sinon dans le bonheur ? La jouissance est dissolution des membres dans ses moyens, résorption dans sa fin. Dans l'hallucination de satisfaction, la vie est finie, la quête est récompensée, le temps est détruit. C'est le nirvana. Dans le nirvana, le langage lui-même se retire. S'exempter du langage, ne plus être soi, ne plus penser, ne plus désirer, tel est le nirvana. Ce que le bouddhisme appelle le nirvana, c'est l'implosion dissolvante du sujet dans le non-désir. La vraie mort, celle d'autrui, n'apparaît qu'ensuite sur le fond de cette expérience de la satisfaction, de la dissolution et du bonheur. C'est seulement à partir du bonheur que la mort peut apparaître alors sous le jour du malheur et séjourner dans la plainte, c'est-à-dire dans la fatigue de vivre et dans l'expulsion de la pensée qui ne sont pas par hasard les signes qui indiquent le plaisir. Le désir comme la plainte disent : « J'ai envie d'être satisfait, j'ai envie de mourir. »

La jouissance espère le sommeil où elle sombre. Elle demande la nuit, qui est toujours la nuit première, qui est aussi la nuit dernière — qu'elle va rejoindre après ce « laps » de corps et de langage qu'on appelle biographie.

Le langage en ce sens est toujours cette lutte effrayante entre la nuit et le silence. Le langage est la scène primitive qui brûle. Il est cette lutte qui cherche la mort orgasmique qu'assouvit totalement enfin la mort organique. C'est pourquoi retrouver le mot qu'on cherche présente des traits si voisins, même sur le visage des femmes, de l'affleurement catastrophique de l'éjaculation masculine.

*

En jouant sur le mot qui se tient sur le bout de la langue, je ne joue pas sur les mots. Je ne tire pas par les cheveux de cette femme la tête érigée dans l'air, étendant le bras dans un suspens comparable aux gestes des patriciennes effrayées devant le phallus voilé de la Villa des Mystères. La non-domination du souvenir d'un nom néanmoins connu ou d'une idée qu'on ressent en l'absence de ses signes — qu'on ne ressent pas vraiment mais qui brûle : « Je brûle ! Je brûle ! » — est la non-domination de soi et est l'ombre portée de la mort pour peu qu'on ne remette pas la main sur le mot qui fuit. C'est cette main dans le silence. C'est cette prédation silencieuse. Écrire, trouver le mot, c'est éjaculer soudain. Ce sont cette rétention, cette contention, cette arrivée soudaine.

C'est approcher non pas le feu — « Je brûle ! » — mais le foyer central où le feu prend sa flamme.

Le poème est ce jouir. Le poème est le nom trouvé. Le faire-corps avec la langue est le poème. Pour procurer une définition précise du poème, il faut peut-être convenir de dire simplement : le poème est l'exact opposé du nom sur le bout de la langue.

*

La poésie, le mot retrouvé, c'est le langage qui redonne à voir le monde, qui fait réapparaître l'image intransmissible qui se dissimule derrière n'importe quelle image, qui fait réapparaître le mot dans son blanc, qui réanime le regret du foyer toujours trop absent dans le langage qui l'aveugle, qui reproduit le court-circuit en acte au sein de la métaphore. Les images ont besoin de mots retrouvés comme les hommes, chez qui le langage est second, tombent perpétuellement sous la nécessité d'être réagencés par le langage — d'être de nouveau acquis à l'idée de langage, doivent retrouver le langage ; c'est-à-dire le vrai langage ; c'est-à-dire le langage où le réel est défaillant, où l'enfer remonte en même temps qu'Eurydice, où le sevrage les poursuit dans leur dos, où le désir de nouveau redresse le corps vers l'avant, érige ; c'est-à-dire le langage où le mot manque.

Une des pensées auxquelles je dois le plus est celle de Kong-souen Long. Kong-souen Long vécut au temps des Tcheou, durant la période dite des Royaumes Combattants, au Tchao. Il était le contemporain de Timée. Ce que les anciens Chinois reprochaient à Kong-souen Long, c'était « de n'être d'aucune école ». Ce reproche peut se lire dans le *Lie-tseu*. J'ai traduit en 1977 une aporie de Kong-souen Long. Je l'ai commentée de nouveau en 1986. Par malheur, pour son destin, le « n'être d'aucune école » était une conséquence de sa pensée ; mais, par chance, pour sa pensée, cette conséquence de sa pensée est peut-être tout simplement une conséquence de la pensée, du fait de la défaillance. Il y a deux propositions qui ont été montrées du doigt comme « surprenantes » de la part de Kong-souen Long. Ce sont sans aucun doute les propositions décisives :

« Il existe des pensées qui dérivent de nulle part. »

« Il y a des méditations sans aboutissement. »

La larme, disent les bouddhistes, qui est située entre le langage et le réel ne peut être épuisée. C'est le Gange.

*

Dans la nuit, le signe qu'il y a un rêve, c'est l'érection.

Dans le jour, dès qu'il y a érection, c'est le signe d'un rêve.

Dans la langue, dès qu'apparaissent des adjectifs nombreux, c'est le signe du sans langage. C'est le symptôme qui trahit la part maternelle, qui signale la nostalgie du réel d'avant le langage, qui indique le foyer rayonnant, c'est-à-dire la scène violente, c'est-à-dire le réel d'avant la réalité, c'est-à-dire le coït, c'est-à-dire l'hyperesthésie. C'est la nostalgie en acte de l'autre du langage, de l'objet introuvable, de l'image intransmissible et du nom sur le bout de la langue.

En société, chez celui qui veut penser

jusqu'au bout, le trouble de la pensée est le signe qui indique la névrose. On fixe quelque chose qu'on n'arrive pas à fixer. On pense sans cesse à un thème qu'on n'arrive pas à envisager. On se retrouve dans un état vis-à-vis duquel les mots n'arrivent pas à se pourvoir de sens. L'identité personnelle se construit comme une marée de combats contre ce blanc. C'est un saut contre cette limite. C'est un bond sans cesse renouvelé au fond de soi-même contre ce qui fait faux bond. L'identité personnelle n'est qu'un nom avantageux pour dire ce faisceau de luttes contre la catastrophe, contre la débâcle, contre l'implosion du plaisir, contre l'explosion de l'agressivité, contre le bon « heur ».

Sans cesse un au-delà inattingible nous tire à lui à l'intérieur du langage comme un vase communicant. Il ne peut être atteint par le langage. C'est ce dont la parole veut parler qui se tient sans cesse sur les lèvres mais, n'appartenant pas à la parole, se dérobe à son attraction. C'est une émotion qui dans la parole empêche la voix, qui revient aux lèvres comme dans le mouvement de vomir et se rompt juste avant la parole : qui sans cesse est sur le bout de la langue, et non dans la langue. Ce jaillissement se perçoit dans l'abord de la parole elle-même, il ne séjourne pas dans la parole. Il est le temps de sidération qui précède la parole vraie. Il est ce temps suspendu. Il est ce suspens du temps qui affleure les lèvres dépourvues du langage. Il est cette mutation du chaos qui précède sans cesse le langage parce que le langage est acquis et ne renvoie qu'à des objets, ne désignant jamais sa source. Le mot grec de chaos lui-même dit la face qui se fend ; il dit la bouche humaine qui s'ouvre.

C'est pourquoi la notion d'évidence se tient toujours dans la sidération et cela jusque dans le rationalisme des classiques. Elle se tient dans le court-circuit, dans les retrouvailles avec le perdu. Jamais elle ne relève de la cruauté du langage. Et pourtant c'est dans le langage-sur-fond-de-silence qu'on peut veiller sur une floraison des mots vrais, des mots-du-bout-de-la-langue, permettant une illumination interne sur les objets juste avant les objets, sur soi quand on n'a pas encore de soi, c'est-à-dire quand approche une conversion du monde parce que le réel y affleure en défaillant, en titubant, et se montre de nouveau disponible, nostalgique, dépossédé, carencé. C'est pourquoi c'est au langage qu'il revient d'être tout à coup « indisponible », et d'être subitement rétrocédé dans la recherche du mot en carafe. C'est du langage lui-même que le locuteur se découvre subitement sevré, en totalité sevré. Et c'est quand le tout du langage tourne court, à proportion qu'il a failli, que le mot vrai peut surgir. Alors ce mot dit plus qu'il ne signifie, et il montre plus qu'il n'exprime. Le mot vrai est la clé qui déverrouille un espace beaucoup plus vaste que le pêne dans la serrure qui se retire de la gâche, que la porte qu'il ouvre. C'est le mot retrouvé qui est le sésame, non pas en tant que mot, mais en tant qu'il restitue à la scène intransmissible, qu'il ouvre au « bout » de la langue, qu'il engage au réel. Curieusement, une fois nés, après que les êtres-de-langage (les hommes) sont passés à la langue, le langage est la seule néogenèse pour la vie à la condition qu'il défaille.

TROISIÈME PARTIE

Ce qu'on appelle « l'arrêt sur image », c'est le moment, c'est le *movere* quand il devient immobile. C'est le temps que la faillite du langage suspend. C'est quand le film devient photo. Aristote dit que chez l'homme la partie comprise entre les cheveux et le cou s'appelle « prosopon », c'est-à-dire ce-qui-se-présente-de-soi-au-regard-d'autrui. « Parce que l'homme est le seul animal qui se tienne droit, ajoute Aristote, qui regarde de face, qui émette sa voix en face, il est le seul à avoir un visage. »

Il se trouve que Méduse est l'unique déesse dont le masque est celui de la face humaine. Le masque de Méduse est la face humaine féminine, vue de face, bouche grande ouverte. C'est la face de la mort dans le hurlement de terreur.

Le masque à face humaine hurle pour ne pas rejoindre la tête creuse, la tête désertée du regard, immobile, écharnée, silencieuse des têtes sans visage. Les têtes sans visage, ce sont les morts.

*

L'occupation intérieure qui s'empare intensément de la femme qu'on aime plus que soi, troublant son regard, suscite toujours un mouvement de recul.

Elle était une statue. Elle était belle.

La concentration de son regard, comme il passait loin au-dessus de nous, faisait trembler la lumière.

*

Quand le vaisseau d'Ulysse s'engagea devant l'île où vivaient les Sirènes, la brise qui le poussait tomba. Subitement, plus une vague ne froissa la surface de la mer. Le navire s'immobilisa alors dans la lumière — dans une « pluie d'or » — et Ulysse attaché au mât d'emplanture se suspendit aux lèvres des Sirènes.

Les Sirènes sont les Méduse du coït érotique. Les Gorgones sont les Sirènes du cri thanatique.

*

Ma mère nous faisait taire. Elle s'acharnait sur le mot qu'elle avait sur le bout de la langue et qu'elle contraindrait d'une manière ou d'une autre à revenir. Tétanisée, elle s'efforçait de repêcher au fond d'elle-même une étymologie. Masquée, crispée sur sa recherche, elle essayait de reproduire une dérivation philologique, restituant les étapes en émettant des sons qui paraissaient invraisemblables. Elle disait « sykolon », elle disait « ficato » et à la suite d'une longue série de borborygmes qui bouleversaient son visage, au terme d'une longue série de modifications inintelligibles, grecque, romaine, impé-

riale, mérovingienne, italienne, picarde, elle
arrivait à « foie ». Nous étions médusés. Elle
remontait les mots du fond des âges. Maman
poussait des grognements plus enfantins et
plus hétéroclites que nous n'étions capables
d'en faire naître. Elle était magicienne. Elle
disait « homo » et, ses lèvres se contractant,
sa bouche se dilatant, la forme s'accentuant,
on débouchait sur « on ». Elle commençait
par la chose — « rem » — on arrivait à
« rien ».

*

Ma mère cherchant à rattraper la forme
perdue, ma mère s'échinant à recouvrer le
verbe ancien qui expliquerait tout, ma mère
cherchant son mot devenait l'apparence
d'elle-même, comme si la recherche, en
immobilisant les traits, en fixant le regard,
imposait son masque sur le visage — un masque en tout point ressemblant, sinon la vie.
   La face s'est pétrifiée dans sa concentration. Elle s'est figée dans la recherche et dans
la frustration. Elle n'est plus mobile. Le

non-vivant l'a envahie. La face de celle qui cherche le nom qui est sur le bout de sa langue n'a plus de visage.

Je ne pouvais détacher mon regard de ce masque dont l'âme était partie dans l'autre monde à la recherche d'un mot. Comme si j'attendais anxieusement et le retour de l'âme dans le corps, dans la mobilité, dans le sourire, dans la chaleur de la vie, dans la douceur du regard, et le retour du mot dans le plaisir sonore à le proférer, puis à le répéter dans la joie de l'évidence, une fois retrouvé.

*

Il semble que je rapporte tout à ce regard perdu et au mot qui s'y cherche. Je fonds tout à la fixité de ce regard perdu parce que tout en moi vient s'y fondre. Je détournais mon regard des ruines. Je me fondais à ce silence et à ce dénuement. On entendait les sirènes des bateaux qui rentraient au port. Maman cherchait un mot. Maman était absente. Son visage était un masque. La mère absente fut le cœur de ma vie. Je n'ai pas fait vœu de silence. J'ai été voué bien plus que je ne me suis voué à ce guet de langue perdue. La musique est cela en moi. Écrire est cela en moi. La crispation sur la vengeance (devenir le nom qu'on cherche, devenir soi-même l'idéal de cette langue perdue, devenir le héros de la lutte primitive, devenir Persée et comme lui s'encapuchonner du chapeau en peau de chien du dieu des morts dans le désir irrévocable, beaucoup plus qu'irrésistible, d'affronter Méduse, de tenir tête, front à front, à la face à face féminine et humaine). Cette crispation sur l'objet à trouver, sur le mot qui fait défaut, sur la mort de l'autre le jour où les conditions du châtiment seront réunies, sur la rhétorique (qui n'est autre chose, selon Aristote, que la recherche du discours capable d'agenouiller l'auditeur, et plus simplement, selon les déclamateurs romains, la recherche de la phrase qui tue), sur la peinture antique, sur l'instant de la jouissance sexuelle, sur le livre, tout ce qui me fait vivre de façon désordonnée se confond dans ce visage qui abandonne le visage et se transforme en face humaine désertée, la bouche ouverte sur le langage perdu.

QUATRIÈME PARTIE

Trois monstres habitaient dans l'extrême Occident, au-delà des frontières du monde, du côté de la Nuit. Deux de ces monstres étaient immortelles, Sthéno et Euryalè. La dernière était mortelle et s'appelait Méduse. Leur tête était entourée de serpents. Elles possédaient de grosses défenses pareilles à celles des solitaires, des mains de bronze, des ailes d'or. Leurs yeux étincelaient. Les dieux étaient plus récents que ces monstres. Quiconque, dieu ou homme, croisait leur regard était changé en pierre.

Le roi d'Argos avait une fille très belle et qu'il aimait follement. Son nom était Danaé. L'oracle l'avertit que si elle enfantait un garçon, le petit-fils tuerait son grand-père. Aussi le roi enferma-t-il sa fille dans une chambre souterraine aux parois de bronze.

Zeus vint la visiter sous la forme d'une pluie d'or. C'est ainsi que Persée naquit.

Le roi pleura. Il s'approcha du bord de la mer. Il fit enfermer Danaé et l'enfant dans un coffre de bois. Il les fit jeter à la mer. Un pêcheur ramena le coffre dans ses filets. Il prit soin de la mère et éleva l'enfant. Il se trouva que le tyran Polydectès s'éprit de Danaé et convoita son corps. Persée dit qu'il offrirait au tyran la tête du monstre à face de femme s'il sursoyait à son désir.

Il prit sa lance, son bouclier, son épée, son casque et partit vers la mort, à l'ouest du monde. Il entra en possession de sept objets magiques : les deux sandales ailées, la faucille et la besace, la dent unique et l'œil unique des Grées, le bonnet en peau de chien du dieu des morts. Il trouva le repaire de la femme à visage de femme vue de face. Pour éviter de croiser son regard, il prit deux précautions : 1. Persée décida de pénétrer de nuit dans la grotte monstrueuse, 2. Persée polit son bouclier.

C'est ainsi que Persée ne regarda pas en face Méduse à l'instant où il l'affronta dans la grotte : il se servit dans la nuit de son bouclier comme s'il usait d'un miroir. Lui renvoyant son image, elle s'effraya. Elle dit :

« Tu ne m'as pas vue. Tu as joué de ruses et néanmoins je te dis merci. Morte, non seulement ma face conservera son pouvoir mais tu l'auras renforcé en me tuant. Ma face étant la mort pour ceux qui la voient, tu vas ajouter ma propre mort à mon visage. Je crains que tu n'aies le regret de ta conduite. Réfléchis encore. Je suis le visage des femmes et tu ne le connaîtras pas. Regarde-moi ! »

Persée, la tête toujours retournée vers l'arrière, dit à Méduse :

« Il ne me semble pas que je songerais jamais à regarder la mort. »

Alors Persée, la tête toujours tournée vers le fond de la grotte, s'aidant du miroir pour entr'apercevoir l'ombre du corps, leva la faucille. Il trancha la tête de la femme à face de femme. Tâtonnant dans sa nuit, il enfouit la tête dans sa besace et l'apporta à la déesse

de la cité d'Athènes qui la plaça au centre
de son égide.

*

« Ordinatur, contenat, rumpat. » Elles sont
trois, dit Isidore de Séville. La première, pour
ourdir, la deuxième pour tisser, la troisième
pour rompre.

Il y a trois fées parce qu'il y a trois injonc-
tions fatales. Et il y a trois fata parce qu'il y
a trois temps.

Elles tordent avec leurs doigts les fils.

Le passé est ce qui est dévidé du fuseau.
Le présent ce qui est sous les doigts. Le futur
est la laine demeurée sur la quenouille.

Pourquoi sont-elles des femmes ? Parce
que les hommes ne conçoivent pas les femmes. Parce que femmes et hommes sont
conçus par des femmes. Pourquoi la déesse
a-t-elle pour visage celui de la femme à la face
de femme ? Parce que c'est le premier visage.
Sur trois femmes, deux sont toujours immortelles. Sur trois femmes, deux sont toujours
des Mères.

Pourquoi les femmes deviennent-elles des Mères ? Pourquoi les femmes font-elles des enfants ? Les Mères font des enfants pour repousser la mort dans la chaîne des générations. Elles passent le relais qui brûle les doigts dès qu'elles les ont approchés du centre du foyer vivant. Elles passent le relais de ce qui les horrifie ; elles passent l'image de ce qui ne peut être vu en face ; elles refilent la face qui n'a pas de visage. Elles confient le soin de hurler à des plus jeunes parce qu'elles n'ont pas le courage d'assumer seules l'enfer, parce qu'elles n'ont jamais témoigné du désir d'interrompre le cours du cri de la mort. Les Pères transmettent un nom qui par lui-même ne signifie rien. Ils refilent le langage. Les femmes déplacent le poids de la mort sur le dos des enfants qu'elles font dans la douleur, la bouche ouverte, hurlantes. Elles passent l'origine. Les Pères transmettent le nom. Les Mères transmettent le hurlement.

Ce qui est sous les doigts, ce qui est sur les lèvres, ce qui est sous les yeux, cela fait trois. Ce sont les Parques, les Sphinges, les Sirènes ou les Gorgones. D'un côté les voix de perdition. De l'autre les regards sidérants. Ce sont toujours des femmes parce que les Mères sont toujours des femmes.

La sidération du regard devant l'objet qui est en trop, l'objet qui augmente, l'objet de la métamorphose, l'objet qui indique le rêve, n'a rien à voir avec la sidération devant le langage qui manque. Persée peut retourner contre le regard de Méduse son pouvoir de mort. L'absence à soi dans la recherche d'un souvenir qui échappe à la volonté de celui qui entend le recouvrer ne peut être retournée. Ce qui échappe ne peut même pas être reflété. Il ne peut être vu dans la réalité, ni vu dans un miroir. C'est Mélusine. Comme dans la conception, comme dans l'extrême enfance, la peau qui sépare soi et monde n'est pas faite. Cette peau défaite est la défaillance. Le mot est égaré en soi ou hors de soi,

continûment. Comme une mouche, disait
Catherine de Médicis dans sa folie. Comme
la musique — qui ne connaît ni extérieur ni
intérieur et contre laquelle aucune peau,
aucune paupière ne protège. Parce que
aucune paupière ne se baisse sur l'oreille.

*

Les Gorgones sont toujours représentées
de face, comme le sexe féminin. Ce sont les
sidérants.
Les Silènes sont toujours représentés de
profil, comme le sexe masculin. Ce sont les
fascinants.

*

Devant la Sphinge, il faut savoir répondre
ou mourir. À la présence d'esprit s'oppose
l'esprit de l'escalier. Comment répondre à
l'énigme et, en quelque sorte, lui retourner
le miroir ? En ayant le temps du retour pour
chaque mot qui est sur le bout de la langue
devenu bout de papier : c'est écrire. Écrire,

c'est prendre le temps du perdu, prendre le temps du retour, s'associer au retour du perdu. Alors l'émotion a le temps de ranimer le souvenir ; le souvenir a le temps de revenir ; le mot a le temps d'être retrouvé ; l'origine a le temps de sidérer de nouveau ; la face retrouve un visage.

*

Entre le plaisir et le désir, nous veillons. Durant la veille — qui est un rêve diurne — nous écrivons. Nous cherchons des mots. Nous trompons le dénuement en cherchant des mots. Chrétien de Troyes est le seul romancier de notre langue à avoir dénombré dans ses romans ces énigmes, ces scènes de « songears villants », ces oublis, ces pâmoisons, ces distractions ou ces rêves debout, ces crises de mutisme inopinées, ces moments d'abandon au vide, ces souvenirs confus et qu'on ne parvient pas à débrouiller en dépit de l'angoisse qui les visite par bouffées, ces stupeurs, ces néants, ces défaillances, ces courtes extases.

Dans la neige, Perceval se tient appuyé sur sa lance. « Il pense tant que il se oblie. » Tout à coup les oies sauvages s'envolent. Il y a trois gouttes de sang dans la neige.

*

Écrire, c'est entendre la voix perdue. C'est avoir le temps de trouver le mot de l'énigme, de préparer sa réponse. C'est rechercher le langage dans le langage perdu. C'est parcourir sans cesse l'écart entre le mensonge ou l'Ersatz et l'opacité inintelligible du réel, entre la discontinuité du langage voué à la dissidence des objets et impliqué dans l'identification des individus — la face vue par miroir — et le continu maternel, le fleuve, le jet d'urine maternel — la face vue en face. « Cum essem parvulus, loquebar ut parvulus, sapiebam ut parvulus, cogitabam ut parvulus. Quando autem factus sum vir, evacuavi quae erant parvuli. Videmus nunc per speculum in aenigmate : tunc autem facie ad faciem. » Paul de Tarse a écrit dans la première épître qu'il a adressée aux Corinthiens : « Quand j'étais enfant, je parlais en enfant, je pensais en enfant, je raisonnais en enfant. Quand je suis devenu un homme, j'ai fait disparaître ce qui était de l'enfant. Maintenant nous voyons dans un miroir et par énigme : alors ce sera face à face. » Ce que recherche l'écrivain pour qui écrire est vital, dans l'instant où il écrit des livres, n'est peut-être jamais l'œuvre qui résulte de l'inscription, mais ce collapsus. Personnellement je conviens que ce que je recherche en écrivant est la défaillance. Et qui n'en serait convaincu en voyant ce que j'écris ? C'est cette possibilité de m'absenter de toute saisie réflexive de moi-même par moi-même dans l'instant où j'écris. C'est s'absenter jusqu'au temps où j'étais absent. C'est s'absenter où je devins. C'est le foyer. Ou du moins c'est l'énigme. Quelle est l'énigme ? Les bouddhistes répondent que l'énigme est Maya. Qui est Maya ? C'est le reflet de Nirvana. Quel est le mot sanskrit pour dire l'énigme ? C'est le mot *braman*. C'est parvenir de nouveau, grâce à la défaillance, jusqu'à la berge du langage. C'est la source vers laquelle remonte le saumon éperdument toute sa vie, pour frayer, c'est-à-dire pour mourir. Il la rejoint pour faire naître et mourir. Écrire, c'est frayer. Cette sensation de fusion est le lit plus ancien, l'eau qui dissout, l'espace liquide où on s'ébat en mourant, où le futur devient le passé, où mort équivaut à naissance. C'est cette écume. C'est Aphroditè. Blanc qui est l'énigme. Blanc exactement comparable à ce que recherche celui qui lit quand il s'absorbe dans sa lecture mais blanc plus en amont encore. Blanc plus perdu que le lecteur n'est perdu car ce dernier est maître de sa perte. Blanc plus proche de la source et tel que celui qui, contradictoirement, contrôle sa perte ne se met jamais en condition d'approcher. Blanc comme le frai. Blanc comme la goutte que cède le plaisir.

*

Blanc comme l'ébat. L'écume n'est que de la mer battue. Aphroditè est la « déesse née de l'écume ».

Une fois par semaine Mélusine s'enfermait

à clé dans la chambre interdite et y prenait un bain. Elle redevenait poisson. Elle s'ébattait dans son cuveau. Elle chantait.

Monsieur de Lusignan voulut voir. Il perça le mur de plomb et aussitôt son épouse disparut en criant, dans un grand coup de queue dans le cuveau, dont il fut aspergé.

Nous ne pouvons rester chez les hommes qu'aussi longtemps que notre nature animale est ignorée. Nous sommes comme les fées que le langage parlé détruit. Si nous rompons le silence, elles disparaissent à l'instant même où elles s'ébattent.

Dans la chambre interdite, dans la chambre de philogenèse, à l'abri des regards, celui qui écrit s'ébat. Il se change en ramapithèque, puis en tarsier, puis en salamandre. Puis il rejoint le lac du carbonifère. Il glisse le long de la rive. Il plonge et il se transforme en poisson. Il rejoint l'eau, l'ombre de la nuit, le chaos, le big bang, c'est-à-dire le chant de Mélusine. Ce cri, c'est écrire. C'est le court-circuit entre ontogenèse et phylogenèse, à l'ouest du monde, au-delà de la Nuit.

CINQUIÈME PARTIE

« Praeterit enim figura hujus mundi. »
Sans cesse il n'y a pas de monde au lieu où
nous vivons. Sans cesse la figure du monde
est passée. Sans cesse le langage fait défaut.
Sans cesse celle qu'on aime se réduit à un
rêve. Sans cesse les souvenirs ne sont que des
pierres.

« Hoc itaque dico, fratres : Tempus breve
est. Qui habent uxores, tanquam non
habentes sint. Qui flent, tanquam non flen-
tes. Qui utuntur hoc mundo, tanquam non
utuntur. Praeterit enim figura hujus mundi. »
(Je vous le dis, frères : Le temps se fait court.
Que ceux qui ont femme vivent comme s'ils
n'en avaient pas. Ceux qui pleurent, comme
s'ils ne pleuraient pas. Ceux qui usent de ce
monde, comme s'ils n'en usaient pas. Car la
figure de ce monde est passée.) Dès l'instant
où je découvris que le langage manquait, je

découvris le rêve des mots vrais sur fond de silence — comme des îles sur la mort — qui font trembler celui qui les dit de désir ou qui l'enrouent absurdement et le font fondre dans les larmes.

*

Ce petit traité qui concerne Méduse n'est qu'un morceau de ma vie.

Le conte, au contraire de ma vie, est un morceau qui est resté du rêve.

*

Tout rêve est impossible : mais ils n'existent pas, les rêves qui sont possibles. C'est sa surprise qui fige le visage et le dresse. C'est le rêve qui persiste à rêver sous le langage, dessous le langage, en dédaignant l'Ersatz. Un livre qui eût ouvert la porte sur du réel jamais vu dans une langue qui fût une surprise, qui prît soudain à la gorge au point qu'elle fît mal, ou bien qui fût tout à coup si douce ou si somptueuse ou si digressive

99

qu'elle prît de vitesse l'esprit dans la jouissance inopinée. Toute jouissance est ce qui prend de court. Ce qui est attendu d'un écrivain n'est pas seulement inconnu à celui qui l'attend mais est inconnu à celui qui rédige, tant il est vrai que quelque chose qui n'est pas un objet ne saurait jamais être un projet. Celui qui écrit plonge dans le mot absent pour retrouver quelque chose qui ignore le langage, qui n'est ni bon ni beau, qui terrifie le langage et passionne les jours, qui attaque pour attaquer, qui naît, qui n'est pas dans ce qui est, qui fraie, qui fraie et qui effraie, qui dérange les morts qui sont dans les enfers, qui rompt avec l'ordre qui lui préexiste, qui rompt avec les vivants qui lui coexistent, qui vit pour vivre.

Il rompt avec ce qui est ; il aime rompre ; il aime haïr le visible. Il se consacre passionnément à ce que tous les autres que lui ignorent de lui. Il se consacre à la chose qui n'est jamais un objet, au livre ouvert comme la bouche est ouverte sur le mot défaillant qu'elle est sur le point de recouvrer, qu'elle va ressusciter plus vivant que si elle l'avait su.

Comme les marins d'Ulysse, dans le vent tombé, il rame. Tout passe. « Linguae cessabunt. Scientia destruetur. » (Les langues ? Elles se tairont. La science ? Elle disparaîtra.) C'est sans cesse rapatrier le monde dans l'avant-monde, sans cesse revivre, redonner vie, reconfier à l'amont, revivifier la vie, réilluminer le soleil. Celui qui écrit recherche l'illumination.

*

C'est cet étincellement du regard déserté qui se lève et qui cherche. Je suis voué à cet étincellement, à l'érection de ce visage sevré du langage. « Sentio legem. » Je sens une loi.

*

« Sentio legem. » Je sens une loi. C'est ce regard. Ce sont ces sourcils qui se froncent. C'est cette main qui s'élève devant la bouche silencieuse et qui fait faire silence autour de la femme à face de face qui cherche.

*

« Sentio legem. » Je sens une loi. Je sens ce regard qui se durcit. Je n'ajoute pas foi dans l'existence d'un seigneur du monde. Je ne prévois pas que je succéderai à mon corps ni qu'une forme neuve de moi se substituera à mon corps et que cette forme neuve s'approchera en tremblant d'un trône, ni qu'il y aura un jugement. « Sentio legem » : mais je sens en moi une loi. Mais je sens en moi le Jour du jugement, le jugement lui-même, sa sévérité impitoyable, la révérence qu'il m'inspire. J'écris pour l'aube de ce jour. Je n'aime d'œuvres, parmi les arts, que celles qui croient au Jour.

Dies irae. Je crois à l'illumination de ce Jour. Je crois au Jour de colère. Je crois au tribunal absolu où les nuls seront séparés des méritants, où les imposteurs et les véritables seront distingués.

Dies ultionis. Je crois au Jour de ven-geance. Je crois au Jour illuminé. Où le mal sera rendu pour le mal ; où les injures seront vengées ; où les ressentiments seront découverts ; où les intrigues seront mises à nu ; où les outrages seront lavés. Dieu dit : « À moi la vengeance ! C'est moi qui paierai de retour ! » « Mihi vindicta ! Ego retribuam ! dicit Dominus. »

Dies Domini. Je crois à la lumière de dimanche. « Dies Domini declarabit. » Le Jour fera connaître l'œuvre de chacun ; car le Jour doit se révéler dans le feu : « Ignis probabit. » Dans quel feu se définit le Jour du Jugement ? Le Jour du Jugement se définit à cela : « Neque meipsum judico. » (Je ne peux pas juger moi-même.) Ce qui résiste, le feu l'affermira de sa force. Ce qui est faible sera consumé. Dieu dit : « C'est mon Jour. Vous ne ferez rien l'espace d'un jour entier. Chaque semaine, vous me réserverez ce jour. Vous resterez à m'attendre sans frayer ; vous resterez à m'attendre en étant effrayés ; vous resterez à m'attendre en me cherchant ; vous resterez à m'attendre en étreignant vos doigts ; vous resterez à m'attendre en priant à l'extrême bout de vos lèvres ; vous resterez à m'attendre en tremblant de stupeur. Et ce sera votre heure parce que c'est mon Jour. » Chaque jour pour moi est dimanche parce que chaque aube est l'érection de la lumière.

*

Sentio legem. J'ai attaché au fait d'écrire une idée de devoir. Il me semblait que, faute de ces mots du silence, je ne survivrais pas d'un jour. Il me semblait que, faute d'avoir l'audace de devenir tout à fait mutique, je resterais pourtant dans la proximité d'une chaleur vitale. C'est pourquoi aucun jour pour moi ne peut être férié. Sans doute périrai-je étouffé d'angoisse. Sans doute était-ce à l'origine un morceau de bois pour ne pas naufrager, une excuse pour m'isoler, une ruse pour me soustraire à l'éveil, à sa vigilance, à l'attention d'autrui, un subterfuge pour tromper la famille, les amours, le monde en cachette de lui-même et me mettre hors jeu du jeu tout en ne mourant pas. Mais je ne suis plus maître du besoin lui-même, ni du dispositif des heures dans l'aube. Maintenant je veux rompre le miroir.

104

Maintenant je veux le jour et maintenant je veux sa face. Je ne peux pas remplacer les heures de cette aube par des heures d'exercice au violoncelle, par des voyages où l'attention est requise, comme en automobile, ou bien par des fêtes, des visionnages de film, des conseils d'administration, ou par des enterrements d'amis. À chaque fois toute occasion me paraît un loisir et il m'emplit de faute.

*

Nous sommes défaillants. La captivité où nous tient chaque jour la faim, le rêve qui lève le sexe, le mouvement, la peur, le miroir, le langage se recomposent comme les vagues se reproduisent dans les océans ouverts. Nous n'avons pas à renoncer l'attrait des glaces au café qui fuient sous les couteaux. Nous n'avons pas à renoncer notre désir ni à l'abandonner à l'âge ou au repos, à la gloire apparente ni aux postes et leur ennui, aux honneurs et aux rôles, ni aux femmes, ni à l'argent. Nous n'avons pas à l'abandonner à une maison, à une famille, à un système de pensée, à un confort, à une cause, à une paix quels qu'ils soient. Le bien que nous avons reçu en naissant n'est que la vie, l'avidité de la vie et rien ne doit la confisquer pour peu que nous ne désirions pas mourir, si incompréhensible et sauvage, si rétive au langage et farouche devant la conscience, si peu humaine et dangereuse, ou cruelle que cette source angoissante que nous ne retrouvons jamais tout à fait sur le bout de la langue nous paraisse. Tout le reste est la mort. Tout objet où ce désir ou cette violence se fixe est la mort. Il ne peut être assouvi. Il est le tourment où il entraîne.

J'aime que les hommes créent leur vie comme s'ils allaient vers ce jour de nudité, de peur, de vérité — qui est la peur vue de face —, de tremblement dans la lumière. Le moi n'est pas plus maître de l'humanité en lui qu'il ne peut s'élever au-dessus de soi pour prendre la mesure de l'identité dont il s'abuse — puisque cette dernière n'est que le sempiternel Ersatz d'une nuit qu'il ne peut contempler. L'homme n'est pas plus maître du langage que la terre n'est au centre des galaxies et ne gouverne les planètes, les trous et la lueur des astres. Le langage est un écran. La volonté est une tache sur la vue. La conscience un démon satellite. Tous servent meurtre et mort. La lucidité, la raison, le langage vivant sont des arbustes qui requièrent des soins infinis, qui crèvent sans cesse, parce qu'ils ne trouvent aucune terre en nous. Sans cesse nous nous agrippons dans le vent. Sans cesse nous tâtonnons des racines dans le désert. Sans cesse nous défaillons. Sans cesse nous rejoignons la nuit et le silence comme l'eau les fossés.

DU MÊME AUTEUR

Aux Éditions Gallimard

LE LECTEUR, *récit*, 1976.

CARUS, *roman*, 1979 (« Folio », n° *2211*).

LES TABLETTES DE BUIS D'APRONENIA AVITIA, *roman*, 1984 (« L'Imaginaire », n° *212*).

LE SALON DU WURTEMBERG, *roman*, 1986 (« Folio », n° *1928*).

LES ESCALIERS DE CHAMBORD, *roman*, 1989 (« Folio », n° *2301*).

TOUS LES MATINS DU MONDE, *roman*, 1991 (« Folio », n° *2533*).

LE SEXE ET L'EFFROI, 1994 (« Folio », n° *2839*).

VIE SECRÈTE, 1998 (« Folio », n° *3292*).

TERRASSE À ROME, *roman*, 2000 (« Folio », n° *3542*).

VILLA AMALIA, *roman*, 2006 (« Folio », n° *4588*).

LYCOPHRON ET ZÉTÈS, *Poésie Gallimard*, 2010.

LES SOLIDARITÉS MYSTÉRIEUSES, *roman*, 2011.

Aux Éditions Grasset

LES OMBRES ERRANTES, Dernier royaume I, 2002 (« Folio », n° *4078*).

SUR LE JADIS, Dernier royaume II, 2002 (« Folio », n° *4137*).

ABÎMES, Dernier royaume III, 2002 (« Folio », n° *4138*).

LES PARADISIAQUES, Dernier royaume IV, 2005 (« Folio », n° *4515*).

SORDIDISSIMES, Dernier royaume V, 2005 (« Folio », n° *4516*).

Aux Éditions Galilée

ÉCRITS DE L'ÉPHÉMÈRE, 2005.

POUR TROUVER LES ENFERS, 2005.

LE VŒU DE SILENCE, 2005.

UNE GÊNE TECHNIQUE À L'ÉGARD DES FRAG-
MENTS, 2005.

GEORGES DE LA TOUR, 2005.

INTER AERIAS FAGOS, 2005.

REQUIEM, 2006.

LE PETIT CUPIDON, 2006.

ETHELRUDE ET WOLFRAMM, 2006.

TRIOMPHE DU TEMPS, 2006.

L'ENFANT AU VISAGE COULEUR DE LA MORT, 2006.

BOUTÈS, 2008.

Chez d'autres éditeurs

L'ÊTRE DU BALBUTIEMENT, essai sur Sacher-Masoch, *Mercure de France*, 1969.

ALEXANDRA DE LYCOPHRON, *Mercure de France*, 1971.

LA PAROLE DE LA DÉLIE, essai sur Maurice Scève, *Mercure de
France*, 1974.

MICHEL DEGUY, *Seghers*, 1975.

LA LEÇON DE MUSIQUE, *Hachette*, 1987.

ALBUCIUS, *P.O.L*, 1990 (« Folio », n° *3992*).

KONG SOUEN-LONG, SUR LE DOIGT QUI MONTRE
CELA, *Michel Chandeigne*, 1990.

LA RAISON, *Le Promeneur*, 1990.

PETITS TRAITÉS, tomes I à VIII, *Maeght Éditeur*, 1990 (« Folio »,
n°s *2976-2977*).

LA FRONTIÈRE, roman, *Éditions Chandeigne*, 1992 (« Folio », n° *2572*).

LE NOM SUR LE BOUT DE LA LANGUE, *P.O.L*, 1993 («Folio», *n° 2698*).

L'OCCUPATION AMÉRICAINE, *roman, Seuil*, 1994 («Points», *n° 208*).

LES SEPTANTE, *conte, Patrice Trigano*, 1994.

L'AMOUR CONJUGAL, *roman, Patrice Trigano*, 1994.

RHÉTORIQUE SPÉCULATIVE, *Calmann-Lévy*, 1995 («Folio», *n° 3007*).

LA HAINE DE LA MUSIQUE, *Calmann-Lévy*, 1996 («Folio», *n° 3008*).

TONDO, *Flammarion*, 2002.

CÉCILE REIMS GRAVEUR DE HANS BELLMER, *Éditions du cercle d'art*, 2006.

LA NUIT SEXUELLE, *Flammarion*, 2007.

LA BARQUE SILENCIEUSE, Dernier royaume VI, *Seuil*, 2009 («Folio», *n° 5262*).

COLLECTION FOLIO

Dernières parutions

Impression Novoprint
à Barcelone, le 2 octobre 2013
Dépôt légal : octobre 2013
1ᵉʳ dépôt légal dans la collection : février 1995

ISBN 978-2-07-039255-1./Imprimé en Espagne.